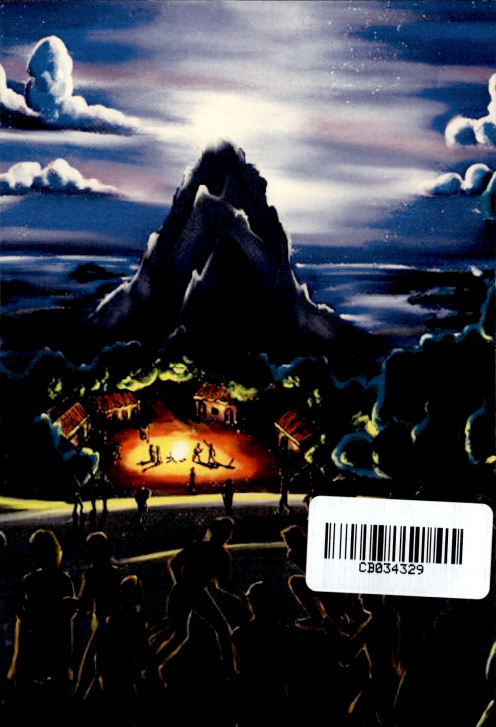

Editora Appris Ltda.
1.ª Edição - Copyright© 2023 dos autores
Direitos de Edição Reservados à Editora Appris Ltda.

Nenhuma parte desta obra poderá ser utilizada indevidamente, sem estar de acordo com a Lei nº 9.610/98. Se incorreções forem encontradas, serão de exclusiva responsabilidade de seus organizadores. Foi realizado o Depósito Legal na Fundação Biblioteca Nacional, de acordo com as Leis nos 10.994, de 14/12/2004, e 12.192, de 14/01/2010.

Catalogação na Fonte
Elaborado por: Josefina A. S. Guedes
Bibliotecária CRB 9/870

M929m 2023	Moura, Gilberto 　　A misteriosa montanha da Luz / Gilberto Moura. - 1. ed. - Curitiba: Appris, 2023. 　　　60 p. : il. color. ; 21cm. 　　ISBN 978-65-250-3738-7 　　1. Ficção brasileira. 2. Mistério. 3. Montanha. 4. Luz. I. Título. 　　　　　　　　　　　　　　　　　　　　　　　　　　CDD – 869.3

Editora e Livraria Appris Ltda.
Av. Manoel Ribas, 2265 – Mercês
Curitiba/PR – CEP: 80810-002
Tel. (41) 3156 - 4731
www.editoraappris.com.br

Printed in Brazil
Impresso no Brasil

Gilberto Moura

A MISTERIOSA MONTANHA DA LUZ

FICHA TÉCNICA

EDITORIAL	Augusto V. de A. Coelho
	Sara C. de Andrade Coelho
COMITÊ EDITORIAL	Marli Caetano
	Andréa Barbosa Gouveia - UFPR
	Edmeire C. Pereira - UFPR
	Iraneide da Silva - UFC
	Jacques de Lima Ferreira - UP
SUPERVISOR DA PRODUÇÃO	Renata Cristina Lopes Miccelli
ASSESSORIA EDITORIAL	Nathalia Almeida
REVISÃO	Júlia de Oliveira Rocha
PRODUÇÃO EDITORIAL	Raquel Fuchs
DIAGRAMAÇÃO	Jhonny Alves dos Reis
CAPA	Laura Marques

Dedico esta obra a Deus e à minha família.

SUMÁRIO

PRÓLOGO 7

CAPÍTULO 1 9
   Despertar 9

CAPÍTULO 2 15
   Vontade 15

CAPÍTULO 3 18
   Humildade 18

CAPÍTULO 4 23
   Perseverança 23

CAPÍTULO 5 25
   Disciplina 25

CAPÍTULO 6 28
   Coragem e astúcia 28

CAPÍTULO 7 36
   Responsabilidade e altruísmo 36

CAPÍTULO 8 38
   Mente 38

CAPÍTULO 9 44
   Amor 44

CAPÍTULO 10 51
   A Luz 51

SOBRE O AUTOR E A OBRA 57

PRÓLOGO

"A Misteriosa Montanha da Luz" representa a jornada interna de todo ser humano em busca de um sentido na vida. Ao sair de nossa zona de conforto e buscar "algo a mais", todos nós nos tornamos o guerreiro que decide subir a montanha sozinho. Com certeza teremos pessoas conosco e várias outras passarão por nós, mas as provas e conquistas pertencem a cada um.

Esse conto serve de estímulo e inspiração, seja para o leitor maduro e experiente ou para o iniciante. Isto porque as ilustrações provocam não só o interesse pela leitura, mas também a experiência estética, que é uma das formas de se elevar do estado comum do dia a dia para o estado contemplativo, inspirado e elevado. É o que se busca quando se vai à ópera, à galeria de artes ou assistir a um belo filme. Então, aprecie cada página, absorva com todos os sentidos e com a imaginação.

Além de tudo, o conto resgata os valores heróicos, pouco reconhecidos e estimulados em nosso tempo. Coragem, disciplina, responsabilidade... são temas pouco trazidos nos textos atuais (se comparado ao imenso volume de divertimento vazio de sentido ou de valores invertidos, como vitimismo e sensacionalismo), tanto para adultos como para jovens e crianças. Este livro pretende resgatar isso!

Espero que o livro te ajude querer ser uma pessoa melhor.

Antes de ler, assista:

A Misteriosa Montanha da Luz - Prelúdio
https://youtu.be/BJCVET58HW8

CAPÍTULO 1

Despertar

Era uma vez, uma vila que se situava em uma floresta, próxima a uma misteriosa montanha. O povo ali vivia alegre e animado. Havia sempre muito o que fazer! Organizavam festas, plantavam e colhiam alimentos. Cozinhavam... tudo com muito ânimo. É claro que havia também muitos desentendimentos e brigas, mas tudo isso se perdia em meio a músicas, danças e banquetes... e logo se esqueciam dos motivos das brigas.

Por alguma razão, quase ninguém percebia a presença da montanha ali, vizinha. A maioria sequer saía da floresta. Sentiam-se satisfeitos com tudo o que tinham em sua vila, mesmo que às vezes cometessem excessos.

Nessa vila nasceu um menino aparentemente comum, mas ele percebia as coisas de forma um pouco diferente. Ele crescia alegre também, brincava e corria com as outras crianças de sua idade. Mas aos poucos  ele sentia curiosidade de ir um pouco além e ver o que havia lá fora. Ele percebia a presença da montanha, escondida através das árvores e havia uma luz bem fraca, a princípio, brilhando lá em cima. Perguntava se mais alguém a via, mas ninguém considerava suas palavras. Olhavam para onde apontava e logo voltavam a seus afazeres. Alguns reconheciam o que ele apontava e diziam "sim, e daí?".

Aos poucos ele não parava mais de pensar em sair da floresta e subir a montanha.

Uma certa vez um amigo mais velho sumiu da floresta por um tempo, até que as pessoas se perguntassem por onde ele andava.

Quando o jovem retornou o menino prontamente o indagou "por onde andou"?

E o rapaz, então, lhe disse:

Eu andei por fora da floresta! Existe um mundo enorme lá fora, meu amigo! E uma montanha! E acredite: por algum motivo, algumas pessoas sobem a montanha! Aquilo foi um raio de luz na alma do menino! Como se a própria luz que brilha no cume da montanha misteriosa encontrasse caminho para o seu coração.

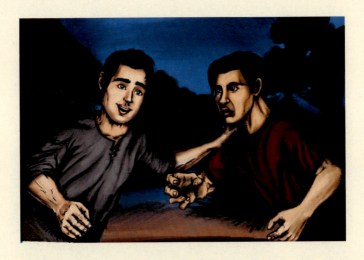

A partir desse dia, sua meta na vida era conhecer a montanha.

Por ser ainda muito jovem, não conseguia se desvencilhar das responsabilidades e dos pais, mas nunca deixou de tentar, firme no seu propósito de subir a Montanha Misteriosa.

Até que um dia, quando já tinha idade próxima à do jovem que há alguns anos havia lhe "dado uma luz", ele partiu, sem alarde, sem companhia, sem se preocupar com os perigos ou com o que os outros iriam pensar.

É claro que o medo lhe dizia coisas como: e se não der certo? Se não for nada do que você está pensando? Você deixou tanta coisa para trás, será que vale a pena?

Mas o propósito era mais forte. Muitas vezes não se pode explicar a força que move um coração determinado. Há que se obedecer.

Logo chegou ao pé da montanha e percebeu que havia muitas pessoas por ali. Algumas delas reconhecia da sua vila, havia-as conhecido há tempos atrás, outras tinham aparência e costumes diferentes. Pensava: devem ter vindo de outra vila, mas se estão aqui, devemos ter a mesma vontade em comum.

Perguntou sobre a montanha e todos a reconheciam. Diziam:

– É claro, está ali!

E vocês não sobem nela?

– Já tentei, mas logo vi que não é possível.

Por que não?

– É muito difícil e não sei para onde vai ou o que há lá em cima.

– Mas e a luz?

– Eu já ouvi falar dessa luz, o que é que tem ela?

– Não quer vê-la?

– Claro que sim! Se você a conseguir eu gostaria de vê-la.

Então ele percebeu que nem todos ali tinham a mesma vontade que ele. Até reconheciam que havia uma montanha e que devia haver algo de bom lá, mas logo se distraíam com conversas e diversão, que surgiam sempre que se reunisse um grupo de pessoas.

O nosso determinado rapaz não deu importância para aquilo. Embora, pensando bem, sentisse pena dos que não viam o que ele via: muito além daquela massa de terra situada logo ali.

CAPÍTULO 2

Vontade

Partiu prontamente para a base da montanha. Quando partiu teve uma bela visão da luz, com um pequeno diamante cintilando lá no alto. Mas conforme se aproximava ficou mais difícil vê-la, os obstáculos bloqueavam a visão.

A princípio não encontrou nenhuma trilha ou rastro. Havia muitas pedras, grandes, afiadas, escorregadias. Algumas se deslocavam à medida que pisava sobre elas. Portanto, pôs-se a rodear a montanha.

Enquanto caminhava, via que havia pessoas já mais acima, tentando achar os caminhos, como ele. Mais à frente, avistou um homem com aspecto de quem havia feito uma escalada recentemente - pele suada e um pouco suja, roupas amassadas e um

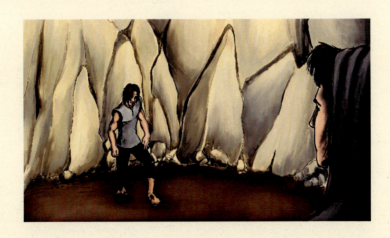

leve rasgo na roupa na altura dos joelhos, parecia cansado - decidiu falar com ele.

Você escalou a montanha? – disse o rapaz.

– Comecei – disse o homem. Entendi que as pedras nos testam e não há apenas um caminho para subir! Cada um deve sentir o que funciona melhor para si. Mas uma coisa é certa: nunca seja descuidado ao encarar um território ou obstáculo, pois por mais que pareça familiar, quase nunca são os mesmos. Às vezes você cai nos mesmos buracos e essa é a pior das dores! Se quiser subir a montanha, tem que estar sempre atento às provas. A montanha não deixa entrar quem não estiver disposto a dar tudo de si. Não tive muito sucesso ainda, mas sei que valerá a pena!

– Como sabe disso?

– Não sei explicar, somente sei!

E pela primeira vez na vida ele viu alguém que enxergava a mesma coisa que ele. Apesar de ser apenas um desconhecido, sentiu que havia nele um irmão, deu-lhe um forte abraço, olhou em seus olhos com um olhar que diz "até que enfim: alguém que me entende". Então disse:

– Posso subir com você?

E ele disse:

– Podemos partir juntos amanhã, mas cada um trilha o seu caminho. Cada um vai a seu tempo. Às vezes estaremos próximos, às vezes afastados, pode ser até que não nos vejamos mais. Mas saberemos que há um irmão no outro e que ele está trilhando seu caminho rumo ao topo. Afinal, o que nos une é a luz!

E assim ele se afastou, mas eles nunca mais se separaram.

CAPÍTULO 3

Humildade

Continuava o rapaz a buscar uma entrada pra a senda da montanha. Logo ele percebeu que não haveria um momento ou local perfeito. Era preciso agir, mesmo sem que todas as condições fossem favoráveis.

Quando estava pronto para entrar montanha adentro, foi que ouviu atrás de si "garoto!!". Era uma voz de ancião. Virou-se para ver de onde vinha e foi então que viu um senhor magro, com uma

capa sobre os ombros e sentado debaixo da sombra de um arbusto.

E ele disse:

– Você vai subir a montanha?

E o jovem disse:

– Vou, sim!

Eu tenho uma coisa pra você. E esticou o braço, segurando nas mãos um par de sandalhas douradas, do seu tamanho e que aparentemente nunca haviam sido usadas.

O jovem disse:

– O senhor deve estar me confundindo...

O ancião disse:

— Não, meu jovem, eu reconheço um candidato ao topo da montanha sempre que converso com ele! Preciso saber que ele não veio a passeio, não está em uma brincadeira! Esse... merece as douradas sandálias da humildade. Elas te farão suportar as pedras afiadas do caminho.

Agradeceu o ancião, vestiu as sandálias e voltou-se novamente para enfrentar a montanha.

Então, lançou-se sobre uma pedra alta e áspera que tinha no topo um vinco bem marcado, onde colocou as mãos e puxou-se para cima. O vinco causou-lhe dor, seu corpo se arrastou na pedra áspera mas com esforço chegou na parte de cima.

Daí então, pôde visualizar escondido no meio das pedras, aparentemente desorganizadas, um caminho de pedras altas, sobre as quais ele avançaria de salto em salto, vencendo uma boa distância com pouco risco de fracasso. Entendeu a importante lição de que, muitas vezes, os desafios que parecem impossíveis de vencer antes de começar, se revelam fáceis quando nos empenhamos.

Seguiu nesse caminho e tomou gosto pelo desafio e pelo sacrifício da dor e do suor para vencer as distâncias.

CAPÍTULO 4

Perseverança

Conforme avançava a montanha ficava mais íngrime e as pedras mais escorregadias, mas também, a paisagem mais bela e ele já podia ver as pessoas que passeavam no sopé como pequenas figuras se movendo aleatoriamente, como "formiguinhas". Teve a percepção de quão pequena, vazia e sem importância era aquela agitação sem objetivos senão a busca de prazeres momentâneos.

Sentiu-se muito superior a tudo aquilo. Nesse momento tropeçou e caiu com a face voltada para o chão, batendo o joelho em uma pedra. Percebeu logo, que quem o derrubou não foi a pedra, mas a sua soberba... ela prendeu a sandália à pedra.

Internamente, se comprometeu a não mais tropeçar por esse motivo, não importando as suas conquistas ou as alturas que atingisse, jamais abandonaria os que ficaram lá embaixo à própria sorte.

De repente, sentiu embaixo do seu corpo, em meio à areia da montanha, um volume comprido e muito rígido. Começou a cavar. Não demorou muito a desenterrar, um par de caneleiras douradas. Elas pareciam pertencer a uma armadura. Na parte de traz, estava escrita a palavra "perseverança". Hesitou... parecia um presente da montanha, lhe dizendo que continuasse em seu caminho. Pensou: não deve ser! Deixe-me colocar de volta, pois alguém deve tê-la perdido. E foi então, que quando voltou-se para o buraco de onde as tirou, viu lá um novo par idêntico, como se magicamente tivesse sido colocado outro lá, para o próximo que ali caísse.

Vestiu as caneleiras que o ajudariam a se levantar quando caísse, caso a humildade faltasse diante de alguma armadilha, as caneleiras da perseverança.

CAPÍTULO 5

Disciplina

Continuando a busca pelo cume da montanha, seguiu adiante, sempre olhando para cima, em busca da luz.

O cansaço começou a convidar-lhe a se sentar, tirar um cochilo. Uma voz interna parecia tentar convencê-lo de que não havia tanta pressa para o que estava fazendo, afinal, a montanha estaria sempre lá, poderia subi-la a qualquer momento que desejasse.

Ajoelhou-se para pensar e ao contato de seu joelho, equipado com as caneleiras da perseverança, a mensagem chegou: mais um pouco à frente, por hora! Então vamos! E levantou-se.

Porém, continuou a questionar-se se seus motivos eram reais ou importantes. Se tudo aquilo não passava de um desejo egoísta, ou uma "maluquice". Mais alguns passos e já pensava em parar novamente.

Enquanto enfrentava esse dilema, avistou uma pequena árvore mais à frente. Era uma árvore frutífera, portanto, pensou em apanhar um pouco para se alimentar. Havia algumas frutas espalhadas aqui e ali, por entre os galhos. Enquanto apanhava e provava as frutas, procurando por entre os galhos com as mãos, passou os dedos por uma textura diferente. Em um dos galhos parecia estar pendurada uma correia ou alça. Voltou a mão para o galho onde estava tal objeto e pegou-o nas mãos: um cinto de couro preto, ornamentado com placas de ouro e bolsos para portar objetos úteis. Na parte de dentro a seguinte frase: planeje com sabedoria e cumpra com firmeza, sempre atento ao que é o certo.

Entendeu, então, que não se chega a longos propósitos sem dedicação, mas também com organização e comprometimento com os próprios planos. Se queria realmente chegar ao topo, precisaria de metas bem traçadas e procedimentos que pudesse cumprir, para que, quando as vozes internas começassem a pedir coisas agradáveis mas que poderiam prejudicar seus objetivos, ele pudesse continuar fiel ao plano.

Vestiu o cinturão da disciplina, terminou de comer as frutas, guardou no cinturão de utilidades uma quantidade de frutas que previu para as próximas refeições do dia, traçou um trajeto que lhe parecia viável e partiu montanha acima.

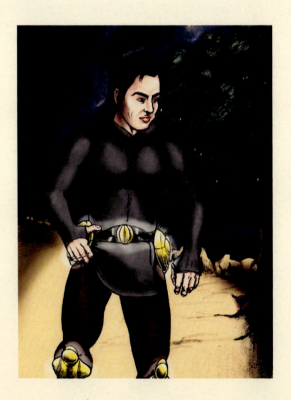

CAPÍTULO 6

Coragem e astúcia

Até aqui, nosso jovem guerreiro caminhou e enfrentou suas provas e dilemas sozinho, apesar de saber que sempre poderá contar com aqueles que têm o mesmo objetivo, de conquistar a montanha da luz. Ele já sabe, também, que a caminhada é solitária.

No entanto, para sua surpresa, após subir a um certo patamar e começar a portar itens de grande valor, frutos de suas conquistas, percebeu que não estava mais só. E o pior: pressentia presenças obscuras ao seu redor, escondidas nas pedras, arbustos e buracos. Conforme avançava sentia mais e mais olhos fixos nele. Quando se virava para encarar essas presenças, elas sumiam.

Começou a ouvir sussurros e chiados, como de cobras, pelos cantos, mas quando os perseguia, já não estavam lá.

Até que avistou um vulto escuro à frente, à sombra de uma árvore. Parecia com um homem e parecia que o observava.

Quando chegou mais perto a figura sombria partiu em sua direção gesticulando e praguejando em idioma incompreensível, parecia querer agredi-lo. Recuou à medida que a figura se aproximava. Tentou conversar, perguntar qual era o problema, mas não havia sinais de comunicação.

Quando percebeu que não haveria diálogo resolveu se defender e manter o território que havia conquistado. Então, algo que lhe causou grande assombro aconteceu. Quando fincou os pés no chão e estendeu o braço para bloquear o peito daquela figura horrenda ele atravessou-a de forma intangível, como se fosse uma sombra, que veio atormentá-lo em sua mente, como se houvesse entrado dentro dela.

Aterrorizado, voltou-se a correr pela estrada de onde veio. Sacudia a cabeça, na tentativa de se ver livre daquela sombra que o aterrorizava e ela retornava como um enxame de abelhas feitas de maus pensamentos.

De súbito, atirou-se ao chão e rolou para trás de uma pedra, na tentativa de despistar aquela entidade maligna. Para sua alegria, a manobra pareceu funcionar e a sombra, agora disforme, pareceu procurá-lo por um instante, mas logo retornou com seus zumbidos e chiados para onde veio.

    Ofegante, manteve-se escondido para pensar no que poderia fazer.

    Não compreendia aquela forma estranha... parecia odiá-lo, sem nunca antes tê-lo visto ou conhecido. E além disso, ele parecia não ter o que fazer para impedi-la de adentrar os seus pensamentos. Nenhuma de suas armas conquistadas parecia ter efeito contra esse mal.

    Decidiu se por de joelhos e rezar, para que a luz da montanha pudesse chegar a ele, mostrar o caminho e o que fazer. Fechou os olhos em súplica e jurou que faria o que fosse preciso para vencer aquela batalha. E para sua alegria, quando abriu os olhos, seus punhos estavam armados de imponentes braceletes dourados que cobriam desde a faca das mãos até a dobra dos cotovelos. Bem discreto entalhe exibia, na parte interna dos braceletes, no lado direito a coragem e no lado esquerdo a astúcia.

De posse das novas armas, marchou inabalável para o território perdido à diante. No mesmo local se encontrava a figura agourenta e com a mesma violência ela partiu para o ataque ao nosso herói. Mas desta vez, foi recebida com o impacto de um forte soco direto, contra o peito. O contato do forte braço dourado fez o monstro ser arremessado para trás e cair de costas.

O monstro de sombras se desmantelou no chão, mas ao se desmanchar emitiu uma explosão sombria, como se mil ratos fugissem para todas as direções. Um segundo depois, levantaram-se das sombras dezenas de outros monstros como aquele. Parecia que sua luz havia atraído um desafio à escuridão. Mas ele estava pronto! Colocou os braços em guarda e marchou adiante.

    Os monstros, vinham de todas as direções, mas ele se adiantava em escolhê-los e nocauteá-los antes que pudessem tocá-lo. Foi ganhando território. De repente um deles conseguiu botar as mãos em sua cabeça e ele se viu novamente atormentado pela nuvem negativa e violenta em sua mente. Usou o cotovelo coberto pela ponta do bracelete para afastá-lo e girou com um gancho na linha de cintura que o fez ser arremessado pra cima e se desfazer no ar. Lição: não deixe eles te pegarem! Mesmo armado com a coragem e a astúcia, se a maldade deles invadir a sua mente, você se perderá do caminho certo.

    E assim foi, avançando e derrotando aquele exército maligno de formas estúpidas e más que tinham o único objetivo de perturbar a sua paz.

CAPÍTULO 7

Responsabilidade e altruísmo

Atravessou aquele exército de tal forma, que quando percebeu havia avançado uma grande área plana e quando o terreno começou inclinar novamente, as sombras ficaram para trás. Podia vê-las ainda, ao olhar para baixo, mas elas não podiam atingi-lo mais.

Enquanto observava aquelas formas raivosas e grotescas, percebeu que quem sofria mais eram elas. Estendeu o olhar para a planície já distante lá embaixo e se lembrou dos entes queridos. Percebeu como muitos, sem parar para pensar, sofriam como aquelas sombras que ele havia acabado de combater. Hora frustrados com algo, hora combatendo opiniões dos outros, hora brigando para conseguir que as coisas sejam "do seu jeito". Sentiu-se responsável por ajudá-las. Agora se sentia pronto para isso, agora já tinha passado por muitas experiências e ficou fortalecido para ensinar que realmente existe muito mais a se buscar na vida. Olhou para cima e viu que a luz estava mais próxima, parecia mais acessível e com toda certeza mais real do que nunca!

Voltou seu olhar mais uma vez para o vilarejo lá embaixo e sua floresta natal mais adiante, cheio de compaixão e vontade de retribuir.

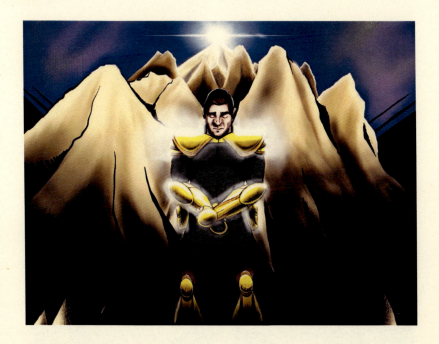

Enquanto dedicava um momento a essa oração silenciosa, sentiu nos ombros um peso confortável. Olhou para o direito e viu o peso da ombreira dourada da responsabilidade. Olhou para o esquerdo e viu a solidez do altruísmo.

Agora, continuava sua busca, mas não fazia mais somente por si, mas por todos. Tudo o que conquistara pertencia a todos com quem pudesse compartilhar. Mas antes disso, havia mais degraus a vencer. E assim seguiu adiante.

CAPÍTULO 8

Mente

Enquanto continuava sua marcha montanha acima, já equipado com muitas das importantes peças da armadura do guerreiro, deparou-se com uma encruzilhada.

Em meio às rochas distinguiam-se dois caminhos idênticos, porém opostos, como se fossem o reflexo um do outro. Ambos ascendentes, porém, levariam a direções muito diferentes.

Surgiu a dúvida no pensamento do nosso guerreiro. Nenhuma de suas provas vencidas até aqui o haviam preparado para tomar uma decisão daquelas. Sem orientação ou diferenças entre os caminhos, não tinha algo que pudesse escolher como melhor ou pior para alcançar o topo.

Refletiu e caminhou pelo patamar. Se errasse, isso poderia lhe custar muito tempo, ou pior, não conseguir retornar.

Observou no meio da encruzilhada, uma pedra achatada que lhe serviria de assento. Sentou-se para refletir e ali ficou por um tempo. Respirou fundo e fechou os olhos, relaxando por um momento, da questão que o afligia. Direita ou esquerda... respirava fundo, cada vez mais devagar. Direita ou esquerda...

De olhos fechados percebeu o clarão adiante, porém, relaxado como estava, demorou alguns instantes para conseguir abrir os olhos e ver o que havia ali.

Avistou, então, em cima de um conjunto de pedras, que pareciam formar um altar, um elmo dourado, ornamentado.

A essa altura, as dádivas da montanha, embora sempre bem-vindas, já não o surpreendiam. Quanto mais persistia no nobre caminho da montanha acima, mais era agraciado com as dádivas.

Aproximou-se e colocou-o nas mãos.

Foi invadido por uma sensação de força e de poder. Colocou-o na cabeça e sentiu que podia ver melhor, pensar com mais clareza, tomar decisões acertadas e muito mais. Assustado com tal vislumbre, retirou o elmo. Refletiu por um instante.

Colocou-o de volta na cabeça e a sensação voltou com força. Sabia que não tomaria uma decisão errada. Ao observar o caminho por onde veio, percebeu que ele parecia mais claro e iluminado, estava diferente. Não sabia distinguir claramente, mas parecia que o elmo estava lhe dizendo para onde ir.

Teve vontade de compartilhar a sua dádiva e poder com as pessoas que ficaram para trás. Aquilo seria uma maravilha para todos. Porém, lembrou-se de concluir a sua missão principal, haveria tempo para ajudá-los, uma vez que conseguisse. Além do mais, deve haver mais dádivas adiante, haveremos de compartilhar todas elas, uma vez conquistadas.

Voltou-se novamente para a encruzilhada.

Olhou para os dois caminhos e tentou esvaziar a mente. Aos poucos a clareza foi aumentando e o caminho da direita se tornou o correto. Não havia nada ali que pudesse mostrar isso, mas ele simplesmente sabia. Então, seguiu sua mente, esclarecida pelo poder do elmo dourado.

Logo que subiu os primeiros passos, o caminho se elevou de tal forma que pôde ver um pouco abaixo, o caminho da esquerda levava a uma rampa secreta que descia íngrime até um buraco que engoliria qualquer um que ali pisasse para as entranhas da montanha. Diante de tamanha grandiosidade, aquele que for precipitado e errar o caminho, perderá a oportunidade de prosseguir.

Recomendação de acompanhamento para o capítulo 9: https://youtu.be/pAL6sGxOWEs

CAPÍTULO 9

Amor

O caminho que era uma trilha, se tornou uma escada, a princípio estreita, que foi se alargando à medida que avançava.

Sentia que estava próximo do cume. Não mais subia degrau por degrau, mas saltava vários a cada passo, com uma feliz urgência que crescia em seu coração à medida que se aproximava.

Já avistava a uma distância o fim dos lances da escada e lá em cima, via um patamar iluminado. Era lá que sempre quis estar! Acelerava cada vez mais.

Agora, chegara ao fim da escadaria e viu-se adentrar em um patamar elevado, sem rochas à vista nas bordas, só se via o horizonte obscuro ao longe. O patamar tinha um amplo formato arredondado com piso trabalhado de pedra brilhante, não mais a rocha bruta. No centro, avistou uma grande pia de pedra em forma de cálice.

Aproximou-se com cuidado e olhou para a água do recipiente. Havia um brilho próprio naquela água. Após serenar a mente e a respiração, olhou novamente e viu, no fundo da pia, formas humanas. Reconheceu algumas pessoas conhecidas. Sua mãe... amigos de infância... o guerreiro que conheceu no sopé da montanha... as pessoas do mercado que cruzou... viu também, pessoas de outros lugares, com aparências e costumes diferentes. O que percebia era a vontade que tinha de ajudar a espalhar a luz para todas elas quando retornasse de sua missão. Percebeu que aquela era a Fonte Espelho da humanidade. Ali poderia ver qualquer pessoa, sentir suas dores e preocupações.

Uma voz solene falou:

"Aquele que beber a Água Sagrada da Fonte Espelho da Humanidade, será ligado a ela, na missão de iluminador do caminho. Ficará encarregado de ensinar e ajudar todos a subir a montanha. Mas que o façam, aqueles que assim decidirem, com as próprias pernas e pela própria vontade. O iluminador, só pode erguer a luz, não caminhar por eles. É um caminho de eterno sofrimento e eterna felicidade, ao mesmo tempo!"

    Apesar de grave e solene a missão, percebeu nosso guerreiro que a voz descrevia tudo aquilo que ele sempre quis saber e fazer! Sem um só momento de hesitação, colocou a mão em concha dentro da água e matou a sua sede o quanto pôde na água do amor e do sacrifício.

    Nesse momento viu brilhar seu peito, formando a última peça de sua armadura. Um peitoral dourado com um grande diamante rosado encravado no meio do peito. Aquela peça era de beleza e brilho indescritíveis. Ela materializava seu grande coração, voltado para o dever perante seus irmãos.

A MISTERIOSA MONTANHA DA LUZ

Recomendação de acompanhamento para o
capítulo 10:
https://youtu.be/lqk4bcnBqls

CAPÍTULO 10

A Luz

Após beber da água do sacrifício pela humanidade e receber o coração de diamante, ouviu em meio ao silêncio um leve som agudo, uma sinfonia de violinos.

E a voz solene continuou:

"És agora ligado a todos os irmãos e irmãs pela água do amor fraterno. Equipado com todas as qualidades de um grande ser humano, você tem o direito de portar a Luz que emana do topo da montanha.

Para manifestá-la é preciso que o guerreiro tenha a Mente e o Coração alinhados e com as mãos prontas para agir".

Claramente, a prova final do guerreiro se apresentava. O enigma estava parcialmente desvelado, mas o que deveria fazer diante disso - se perguntou.

Como fez em todos os momentos de dúvidas, ajoelhou-se, serenou, fechou os olhos e uniu as mãos em oração.

Nesse momento um clarão desceu do céu acima do guerreiro e da Luz desceu a mais bela espada que se possa conceber, feita de luz e diamante, desceu e pousou em suas mãos unidas.

E disse a voz:

"Agora, guerreiro, és portador da verdade e da luz. Vá e a espalhe para aqueles que necessitam dela. Vá mostre-a para os que estiverem perdidos e afastados."

O guerreiro levantou-se e olhou para baixo.

Continuou a voz:

"Mas espere: para descer até lá, precisará de um manto encarnado, pois as características do guerreiro da Luz não podem ficar sempre à mostra, causam incômodo aos que delas estão afastados."

Ao fim dessas palavras uma capa vermelha surgiu, cobrindo suas ombreiras.

Continuou a voz:

"Precisarás, também, de auxílio, de amigos que virão por afinidade e lealdade. Leva desde já, um que jamais o abandonará ou se corromperá por coisa alguma."

E após essas palavras, da luz surgiu em um salto um cavalo branco, belo e elegante, com um olhar pleno e confiável. Marchou até a proximidade da escada e olhou para trás, como quem convida o amigo a partir.

O guerreiro olhou para cima, saudando a Luz. Virou-se, montou seu cavalo branco, com a espada em mãos e juntos saltaram para ajudar o mundo.

GILBERTO MOURA

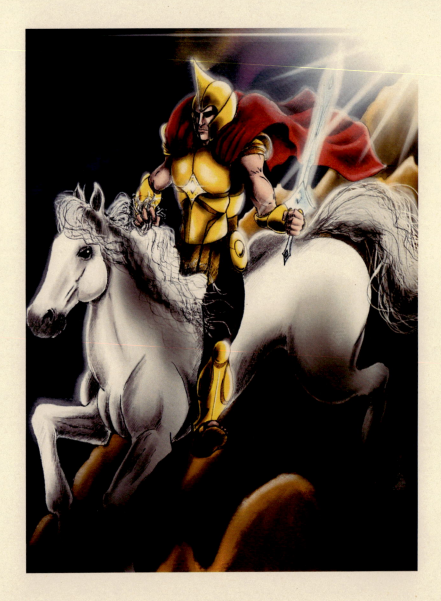

*

PS

Já no burburinho constate que se desenrolava no sopé da montanha caminhava por entre os transeuntes em direção a uma estalagem. Nada dizia, porém observava a reação das pessoas à sua brilhante presença mediante àquela maravilhosa e poderosa armadura dourada. Olhava-os nos olhos para perceber quem demonstrava interesse por aquilo. Porém, muitos passavam por ele e nem o percebiam. Outros percebiam com um certo temor, não o olhavam diretamente, evitavam contato.

No entanto, encontrou em meio à multidão uma jovem que o olhava com o mesmo olhar que ele tinha para a montanha quando era garoto.

Ela se aproximou dele e perguntou: como conseguiu ficar assim? O que isso significa? Para que servem essas peças?

E ele disse: eu as conquistei na Misteriosa Montanha da Luz – e apontou para a luz que brilhava no cume distante. O caminho é árduo e longo – continuou – mas as conquistas são permanentes e vim de lá para compartilhar com vocês... mostrar o caminho.

E ela perguntou: você pode mostrar para mim?

SOBRE O AUTOR E A OBRA

Gilberto Moura é professor de inglês e coordenador pedagógico na escola de sua família em Cuiabá MT. Casado e pai de 2 filhos.

Sua paixão pelo desenho, por cavaleiros e super heróis o acompanham desde que "se entende por gente".

"A misteriosa montanha da luz" é um trabalho completamente autônomo e artesanal, que levou dois anos para ser concluído e que foi realizado ao melhor de seu potencial graças ao avanço da arte digital e dos tablets gráficos.

Os valores trazidos por essa história são uma compilação e tradução para uma linguagem simples e agradável, de todos os valores filosóficos e esotéricos até aqui aprendidos e, na medida do possível, colocados em prática.

A obra é ecumênica (não se define por religião) e seus ensinamentos valem tanto para quem está começando a ler e a desenvolver a consciência de seu lugar no mundo, como para qualquer pessoa, religiosa ou não, que esteja em busca de ser uma pessoa melhor.

A jornada do cavaleiro da luz é a jornada interna de todo ser humano que sai de su a zona de conforto e busca descobrir seu propósito no mundo e que no caminho, desenvolve se e torna se digno das douradas e cintilantes virtudes.

Instagram:
@gilbertomourasilva
YouTube:
Gilberto Silva